Fábulas de Jean de La Fontaine

adaptação de Lúcia Tulchinski

ilustrações de Salmo Dansa

editora Scipione

Gerência editorial
Sâmia Rios

Edição
Maria Viana

Assistência editorial
José Paulo Brait

Revisão
Adilson Miguel
Nair Hitomi Kayo

Edição de arte
Marisa Iniesta Martin

Diagramação
Fabiane de Oliveira Carvalho

*Programação visual de capa,
miolo e encarte*
Aída Cassiano

Elaboração do encarte
Maria Viana

editora scipione

Av. Otaviano Alves de Lima, 4400
Freguesia do Ó
CEP 02909-900 – São Paulo – SP

ATENDIMENTO AO CLIENTE
Tel.: 4003-3061

www.scipione.com.br
e-mail: atendimento@scipione.com.br

2023
ISBN 978-85-262-6046-7 – AL
ISBN 978-85-262-6047-4 – PR
Cód. do livro CL: 735146
1.ª EDIÇÃO
10.ª impressão
Impressão e acabamento
Vox Gráfica

Adaptado de *Fables*, de Jean de La Fontaine, Classiques Universels.

• • •

• • •

**Dados Internacionais de Catalogação na Publicação (CIP)
(Câmara Brasileira do Livro, SP, Brasil)**

La Fontaine, Jean de,1621-1695.

Fábulas de Jean de La Fontaine / Jean de La Fontaine; adaptação de Lúcia Tulchinski; ilustrações de Salmo Dansa. – São Paulo: Scipione, 2005. – (Série Reencontro infantil)

1. Fábulas - Literatura infantojuvenil 2. Literatura infantojuvenil I. Tulchinski, Lúcia. II. Dansa, Salmo. III. Título. IV. Série.

05-7271   CDD-028.5

Índices para catálogo sistemático:
1. Fábulas: Literatura infantil   028.5
2. Fábulas: Literatura infantojuvenil   028.5

Sumário

Os dois burros

Dois burros seguiam pela mesma estrada. Um era do banqueiro e o outro era do padeiro.

O burro do banqueiro se achava o tal. Porte de príncipe, andar elegante, olhar superior. No lombo, ele levava sacos de dinheiro. *Tlim-tlim-tlim* – tocava a sinetinha prateada em seu pescoço.

O burro do padeiro não se achava melhor nem pior do que os outros burros. Seguia com calma, como se fosse amigo de todas as pedras do caminho. Seu trabalho era carregar sacos de farinha. Se visse um pássaro bonito no céu, ah... ele parava para olhar. E, quase sempre, ficava para trás.

Quando o ladrão dos caminhos empoeirados apareceu, não teve dúvidas. Bastou ver a pompa do burro do banqueiro para atacá-lo sem perdão.

O animal tentou se defender, mas levou várias facadas. Sem a pequena fortuna, machucado e arrasado, o burro do banqueiro reclamou aos céus:

– Isso lá é coisa para acontecer com alguém especial como eu?

– Se você servisse a um simples padeiro como eu, poderia estar são e salvo! – disse o outro burro.

A arrogância costuma levar ao infortúnio.

O leão e o mosquito

O leão descansava ao sol quando apareceu um mosquito.

– Suma daqui, seu inseto insignificante! – ordenou a fera.

O mosquito não gostou nadinha daquilo. Jurou vingança ao rei das selvas:

– Só porque eu sou pequeno você acha que pode me expulsar? Pois agora vai ver o que é bom!

Com seu talento ancestral de atazanar os outros, o mosquito torturou o leão de todas as formas possíveis. Fez voos rasantes e muito, muito barulho! Zuniu na orelha esquerda do leão. Depois, zuniu mais agudo ainda na orelha direita. Uma, duas, três vezes seguidas. Sem dó, o mosquito picou o leão na nuca, no focinho e em todos os lugares onde conseguiu.

Atordoada, a fera tentava acertar o inseto com as patas. O mosquito escapava com facilidade e provocava cada vez mais o leão. Após várias tentativas frustradas, o leão feriu a si mesmo com as unhas e ficou sangrando.

– Eu derrotei o leão! Eu derrotei o leão! – gritava o inseto aos quatro ventos.

Cheio de si, o mosquito nem percebeu a teia de aranha à sua frente. Foi engolido em poucos instantes pela dona da armadilha e nunca mais atazanou ninguém.

Quem escapa de um grande perigo
pode ser vítima de uma ameaça menor.

O pavão queixando-se a Juno

Cabisbaixo, o pavão procurou a deusa Juno para se queixar:

– Ó deusa, o rouxinol pequenino e vulgar alegra a floresta inteira ao cantar! Eu mal consigo repetir o dó-ré-mi. Ah, que azar!

Irritada, a deusa respondeu:

– Quanta inveja! Logo você, uma ave com penas tão deslumbrantes, cobiçadas por reis e sultões. Fique sabendo, meu caro pavão, que a natureza é sábia. Ela distribui seus dons entre todas as aves. O rouxinol tem uma voz suave e doce. O falcão é veloz. A águia, forte. A gralha é capaz de prever mortes. Grande ou pequena, cada ave tem seu próprio dom. Trate de se conformar e valorizar o que tem, senão eu vou arrancar suas penas!

Ficar sem suas lindas penas? Ah! Isso o pavão não queria, não.

Cada um deve valorizar os seus próprios dons.

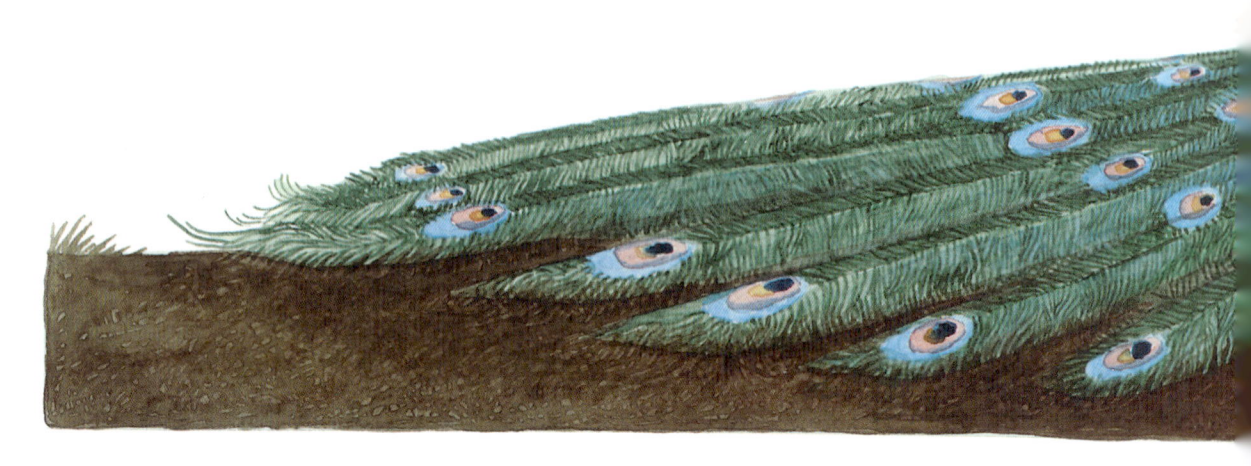

O urso e os dois companheiros

Dois companheiros, sem um centavo no bolso, venderam a pele do rei dos ursos para o vizinho fazendeiro.

– Será um excelente cobertor!

– Ou um tapete do melhor nível! – garantiram os dois.

Assim que o preço ficou combinado, eles acertaram a entrega para dentro de dois dias.

Então, os dois amigos partiram para a floresta para caçar o rei dos ursos. Não demorou muito e a fera peluda apareceu. Ao vê-la, um dos homens subiu rapidamente numa árvore. E lá ficou tremendo de medo.

O outro homem atirou-se no chão e fingiu-se de morto. Naquela região todo mundo sabia que ursos não atacam mortos. O urso aproximou-se dele, farejou-lhe a boca, o nariz, o corpo inteiro. Não encontrou nenhum sinal de vida, pois o homem sabia fingir muito bem. Então, foi embora em busca de frutas silvestres.

Quando os dois companheiros se reencontraram, aquele que tinha subido na árvore perguntou:

– O que foi que o urso sussurrou no seu ouvido?

– Vender a pele do urso antes de liquidá-lo não faz sentido!

Não se deve contar com algo antes
de conquistá-lo.

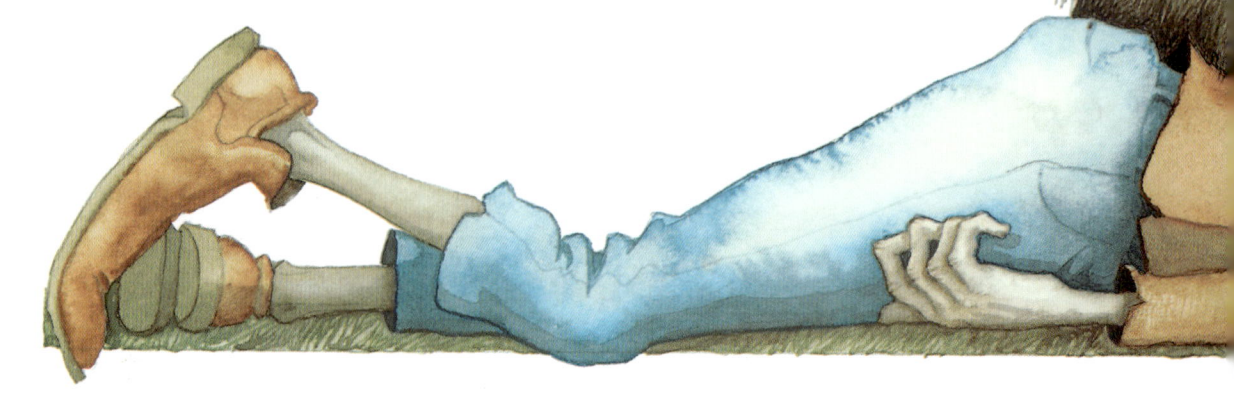

O asno carregado de esponjas e o asno carregado de sal

Um homem que se achava muito esperto seguia pela estrada com dois burros.

Um dos animais levava sacos de sal, uma carga tão pesada que o fazia andar com dificuldade.

O outro carregava esponjas leves como plumas. "Sou um burro de sorte", pensava ele.

Quando os três chegaram ao meio do caminho, encontraram um ribeirão. O homem colocou um galho dentro da água e descobriu que o rio era fundo. Para saber se era seguro atravessá-lo, mandou o burro que carregava o sal ir na frente. Assim que o animal entrou no ribeirão, algo inesperado aconteceu. O sal dissolveu-se inteirinho na água. Livre do peso, o burro fez seu trajeto até a outra margem com rapidez e tranquilidade.

– Essa travessia vai ser moleza! – disse o homem montado no lombo do outro burro.

Mas, quando os dois entraram no rio, a surpresa foi grande! As esponjas encharcaram-se de água e ficaram pesadas, muito pesadas. Acostumado com cargas leves, o burro quase se afogou. O homem, que não sabia nadar, viu a morte de perto.

Antes que o pior acontecesse, eles foram salvos por um desconhecido. O homem que se achava muito esperto descobriu, naquele dia, que seguir os outros nem sempre dá certo.

*O que serve para uma pessoa pode
não funcionar para outra.*

O lobo e a cegonha

Comer, comer, comer. O lobo adorava comer. Um dia, depois de devorar uma galinha, ficou com um osso entalado na garganta. Nem gritar para pedir ajuda ele conseguia. Estava no maior sufoco, quando apareceu uma cegonha. As cegonhas são, por natureza, boas e prestativas. Adoram ajudar os outros. Vendo o lobo naquela aflição, ela sentiu tanta compaixão que esqueceu que os lobos são loucos por aves.

– Coitado... Preciso ajudá-lo a se livrar desse osso ou ele morrerá sufocado! – disse.

Com seu bico comprido, a cegonha tirou o osso da garganta do lobo como se pescasse um peixe num lago.

– Ah, finalmente estou livre daquele osso maldito! Nunca mais vou comer galinhas tão novinhas... – disse o lobo, sem dar a mínima para a cegonha.

– Se você quiser me recompensar, eu também estou precisando de um pequeno favor... – disse a cegonha.

– Mas que petulância! Dê-se por feliz de estar viva. Há poucos segundos eu poderia ter arrancado o seu pescoço! – respondeu o lobo.

Quem ajuda pessoas ingratas
não deve esperar agradecimentos.

Os dois touros e uma rã

A paz do campo foi quebrada pela briga entre dois touros. Eles só queriam saber de enfrentar um ao outro. O prêmio do combate era uma ovelha e o domínio daquelas terras.

Ao assistir ao duelo, uma rãzinha suspirava sem parar:

– Oh, céus! Oh, céus! Oh, céus!

Um sapo lhe perguntou:

– O que você tem?

– Uma suspeita triste e infeliz!

– Como assim? – perguntou o sapo.

– O fim dessa briga será o pior! – respondeu a rãzinha.

– O pior para a ovelha... – disse o sapo.

– Nada disso! O pior para nós, rãs e sapos!

– Por quê, oras? – ele quis saber.

– O vencedor irá reinar sobre todas as terras, inclusive o nosso banhado. Suas patas significarão a morte de muitas rãs e sapos!

E assim aconteceu. Quando um touro derrotou o outro, ficou senhor das terras e do banhado. Esmagava vinte rãs e vinte sapos por hora. Triste destino previsto pela rãzinha.

Às vezes, os pequenos sofrem
com os atos dos grandes.

A tartaruga e os dois patos

A tartaruga estava cansada de ver sempre a mesma paisagem. As mesmas pedras, os mesmos grãos de areia, os mesmos animais, as mesmas plantas... Queria viajar por terras estranhas e conhecer lugares diferentes. Ao encontrar um casal de patos no lago, ela revelou seu sonho:

— Ah, como eu adoraria conhecer o mundo! Mas, com o meu passo lento, jamais conseguirei fazer isso...

— Andando, você não conseguiria mesmo... mas, se voasse, com certeza que sim! – disse o pato.

— Voar? Essa é boa... Eu não tenho asas! – comentou a tartaruga.

— Você não tem, mas nós temos e podemos levá-la! – falou a pata com entusiasmo.

O plano era engenhoso, porém muito simples. Os dois patos seguraram um bastão com os bicos, cada um numa ponta. Em seguida, orientaram a tartaruga a agarrar o objeto com firmeza pela boca.

— Não solte o bastão de jeito nenhum! – disse o pato.

— Pode deixar! – respondeu a tartaruga.

Com o casal de patos servindo-lhe de asas, a tartaruga foi até o mais alto do céu. Lá, as nuvens lhe faziam cócegas. Os pássaros acenavam surpresos. Tudo era tão lindo visto de cima! Montanhas, campinas, árvores, riachos formavam curiosos desenhos.

Em terra firme, a notícia correu de focinho em focinho:

– Milagre!

– Uma tartaruga voadora!

– Uma tartaruga carregada pelos céus!

Vários animais se reuniram numa montanha para ver de perto a façanha da tartaruga. Quando ela por lá passou, carregada pelo casal de patos, uma raposa perguntou:

– Por acaso você é uma rainha para ser transportada assim por dois patos pelos ares?

– Sim, eu sou uma rainha! – gabou-se a tartaruga.

Antes não tivesse dito nada e continuasse calada durante sua jornada. Ao abrir a boca para falar, a tartaruga largou o bastão e despencou de grande altura, espatifando-se no chão.

A imprudência, a vaidade e a vã curiosidade
são parentes muito próximos.

O carroceiro atolado

Um carroceiro transportando feno se viu, de repente, em grandes apuros quando sua carroça caiu num buraco.

– Que azar!

– Vida maldita!

– Estrada dos infernos! – praguejou o homem.

Depois de lamentar seu triste destino com todas as pragas que conhecia, o carroceiro lembrou-se do deus Hércules, cuja força inigualável remove obstáculos.

– Ó poderoso Hércules, tire-me daqui para que eu possa prosseguir na minha jornada! – invocou o carroceiro aos céus.

Uma voz vinda das nuvens invadiu os ares:

– Vou livrá-lo da aflição, carroceiro! Primeiro, tire o barro que prende as rodas da carroça. Depois, limpe com cuidado o caminho à sua frente. Por último, coloque pedras e terra nos buracos da estrada.

O carroceiro seguiu à risca todos os conselhos de Hércules. Trabalhou duro até cair a noite. Quando a primeira estrela apareceu no céu, ele já estava livre do atoleiro. A prece que ele sussurrou vale como moral desta história:

O céu ajuda a quem se ajuda.

A cadela e sua companheira

Uma cadela engravidou. Quando chegou a hora de dar à luz, não tinha um lugar seguro para ficar. Pediu ajuda a outra cadela:

– Por favor, amiga, empreste-me sua casinha para eu parir meus filhotes!

A outra cadela concordou e foi dormir ao relento.

Quinze dias depois, quando voltou e pediu sua casa de volta, ouviu um novo pedido:

– Por favor, deixe-me ficar mais quinze dias. Meus filhotes ainda não conseguem andar sozinhos.

Mais uma vez, a outra cadela concordou.

Quando o prazo terminou, ela estava certa de que teria sua casa de volta. Afinal, cansara de dormir ao relento e já fizera um grande favor para a amiga de quatro patas. Assim que encontrou a cadela com seus filhotes, ficou surpresa ao ouvir o seguinte comentário:

– Você acha que pode nos expulsar? Pois está muito enganada! Meus filhotes já estão crescidos e podemos acabar com você! Suma daqui!

A cadela foi embora bastante chateada e convencida de algo muito importante:

Para alguns, basta dar o dedo para que
tomem a mão inteira ou mais.

O gato e um velho rato

A fama de exterminador do gato era tão grande que nenhum rato saía mais da toca. E, assim, o felino só comia capim. Farto de ser vegetariano, ele resolveu bolar um plano para agarrar muitos ratos de uma só vez. Fingiu-se de morto e ficou pendurado por uma corda no telhado, de cabeça para baixo.

A notícia espalhou-se como um raio entre os ratos:

– Ele deve ter roubado o queijo do fazendeiro!

– Nunca mais vai nos perturbar!

– Estamos livres!!! – comemoraram os ratos.

Todos os ratos festejaram a boa nova. Não era mais preciso se esconder. Enfim, o gato não ameaçaria mais nenhum rato.

Era exatamente o que o gato tinha planejado! Quando os ratos estavam desatentos festejando, ele saltou da corda e avançou sobre eles. Alguns não conseguiram escapar; outros correram para suas tocas.

— Da próxima vez, eu pego todos vocês! — ameaçou o felino.

Alguns dias depois, o gato bolou outra armadilha. Colocou um baú vazio no quintal, cercou-o de migalhas de bolo e, quando estava escuro, escondeu-se dentro dele.

Quando um ratinho farejou a iguaria, avisou os amigos:

— Pelo jeito, temos um banquete para aproveitar!

Um rato experiente e vivido, que tinha sobrevivido ao primeiro ataque do gato, desconfiou da armadilha. E deu o alerta:

— Ratos, o gato é esperto! Mesmo que ali houvesse um bolo inteirinho, eu não chegaria perto.

Os animais decidiram ouvir o conselho do velho rato e permaneceram em suas tocas. Para desconsolo do gato, que voltou a comer capim.

A desconfiança pode ser a mãe da segurança.

A lebre e a perdiz

A lebre e a perdiz viviam no mesmo campo. Lá, acompanhavam o nascer do sol e as travessuras dos filhotes dos animais.

Um dia, uma matilha de cães apareceu de surpresa.

Assustada, a lebre comentou com a perdiz:

– É hora de ser veloz!

Sem olhar para trás, a lebre disparou em busca de um esconderijo seguro e ficou bem quieta atrás de uma moita. Mas a corrida provocou muito calor, e logo os cães farejaram o cheiro dela. Em pouco tempo a encontraram e mataram sem piedade.

A perdiz, que assistia a tudo do alto, riu muito da desgraça da companheira:

– Não era da velocidade que você tanto se gabava? Que tola! Se tivesse asas como eu, ainda estaria viva!

Mal terminou de falar, a perdiz foi devorada por um abutre que tinha asas bem maiores do que as dela, além de um bico grande e tremendamente afiado.

Nunca se deve zombar da desgraça alheia.

O lobo e a raposa

O sonho da raposa era ser igual ao lobo.

– Já estou cheia de comer galos velhos, frangotes sem graça e galinhas arruaceiras! – reclamava ela sem parar.

Um dia, ao encontrar o lobo na floresta, ela implorou:

– Ensine-me, por favor, a ser igualzinha a você!

– E por que você quer ser como eu? – perguntou o lobo.

– Ora, para devorar carneiros e ovelhas bem gordos!

O lobo tinha acabado de perder um irmão e fez a seguinte proposta à raposa:

– Vou dar a pele do meu irmão para você vestir. Assim, poderá se passar por lobo sem despertar suspeitas.

– Excelente! – concordou a raposa.

A pele do lobo serviu direitinho na raposa. Aos poucos, ela aprendeu a uivar, a aproximar-se dos rebanhos e a causar medo nos fazendeiros. Mais rápido do que imaginava, estava saboreando ovelhas suculentas e macias.

O lobo, satisfeito com o desempenho da aluna raposa, resolveu mandá-la para uma aldeia próxima, onde tinha esquecido uma ovelha bem gorda.

– Pode deixar comigo! Você não vai se arrepender! – disse a raposa.

A espertalhona estava prestes a atacar a ovelha quando ouviu um som familiar:

– Cococoricocó!!!!

Era o galo da fazenda anunciando o nascer do sol. A raposa ficou hipnotizada por aquele canto. Foi dominada, então, por uma sensação conhecida e incontrolável. Largou a pele de lobo e atacou o galo, como já tinha feito dezenas e dezenas de vezes. Afinal, ela ainda era uma raposa.

Querer ser igual aos outros é uma ilusão.

O leão e o caçador

Um homem perambulava pela floresta quando perdeu seu fiel cão de caça.

Ao encontrar um pastor de ovelhas, perguntou:

– Por acaso você viu um cão de raça malhado passar por aqui?

– Não, eu não vi nenhum animal a não ser as minhas ovelhas! – respondeu o pastor.

– Aposto que ele foi devorado por um leão! – lamentou-se o caçador.

– Pode ser! Ali, naquela montanha – disse o pastor apontando para a frente –, vive um leão muito feroz. Todos os meses eu lhe dou uma ovelha como tributo, assim vivo em paz. Quando ele me vê, fica manso como um gatinho!

Mal o pastor terminou de falar, o tal leão apareceu no meio da mata.

– Por Júpiter, é melhor eu dar no pé! Virar almoço de leão não está nos meus planos – apavorou-se.

É fácil ser valente quando o perigo está longe.

A mosca e a formiga

A mosca e a formiga encontraram-se num banquete no palácio real.

– Acho que você não é bem-vinda aqui – disse a formiga para a mosca, que voava de um lado para o outro.

– Era só o que faltava! – retrucou a mosca. – Como um inseto tão ridículo, que nem voa, pode se atrever a me criticar? Fique sabendo que eu vou aos lugares mais nobres e experimento as melhores iguarias. Bolos, pudins, manjares... Já pousei na testa do rei e no colo da rainha. Sempre que posso visito a careca do ministro. Enquanto você... ora, você é tão minúscula que ninguém enxerga!

– Você esqueceu de falar dos lugares imundos que frequenta! E dos tapas daqueles que tentam expulsá-la! – disse a formiga.

– Você não passa de uma coletora de migalhas! – disparou a mosca sem piedade.

– Com muito orgulho! – retrucou a formiga. – As migalhas que colho hoje me alimentarão no inverno. Adeus!

Quando chegou o inverno, a formiga não precisou sair de casa para se alimentar, enquanto a mosca, de tapa em tapa, lutava por um grão de comida.

Quem trabalha garante o seu futuro.

O cervo que se mirava na água

Um cervo admirava sua imagem refletida nas águas de um lago.

"Como minha galhada é bonita. Nenhum outro animal da floresta tem uma coroa tão bonita como esta!", pensava.

Em compensação, ele não suportava suas pernas finas.

"Que desproporção! Enquanto meus galhos vão às alturas, minhas pernas são como palitos de pau! Que mágoa! Que dor! Que azar", lamentava-se.

Enquanto o cervo se queixava, um bando de cães ferozes surgiu de repente na floresta. O animal pôs-se a correr sem demora. As pernas, de que tanto se queixava, o levaram com a velocidade do vento. Os cães estavam ficando para trás quando a galhada do cervo ficou presa nas árvores.

– Ó Deus, fazei com que esta maldita coroa não aumente no ano que vem! – rogou o animal aos céus.

Às vezes, o que julgamos um defeito pode
ser uma grande qualidade e vice-versa.

A raposa, o macaco e os animais

O leão, rei da floresta, morreu.

– E agora, quem vai nos proteger? Quem vai impor a lei e a ordem? Quem vai afastar os caçadores? – perguntavam-se os animais desolados.

Preocupados com o futuro, eles foram buscar a coroa do rei na cova do dragão, o guardião real.

– O rei dos animais será aquele em quem servir esta coroa! – proclamou a coruja.

Os animais fizeram fila para experimentar a coroa. Ursos, tigres, panteras, elefantes, girafas, zebras, gorilas tentaram. Mas ninguém tinha uma cabeça igual à do rei morto.

Vendo os companheiros tristes, o brincalhão e atrevido macaco pegou a coroa e inventou estripulias que não acabavam mais. Deu cambalhotas, fez mil caretas, dançou, pulou e entrou dentro da coroa como se ela fosse sua.

Os animais adoraram o *show* do macaco e aplaudiram com muito gosto.

– Viva!!! Viva o macaco!!! Viva! – comemoraram.

– Ele soube usar a coroa como ninguém. Vamos elegê-lo nosso rei! – decidiu a coruja.

E, assim, meio na brincadeira, o macaco tornou-se o rei dos animais. Ele não sabia urrar como o leão nem provocar medo, mas divertia os companheiros com seu jeito alegre de ser.

Enciumada, a raposa tratou de inventar uma armadilha.

– Eu conheço uma arca com um tesouro digno de um monarca. Está escondida numa caverna que só o rei pode saber onde fica! – disse ela.

– Tesouro? Mostre-me onde ele está agora mesmo! Adoro brincar com joias, moedas e coisas que brilham – falou o macaco.

– É para já, Majestade! – confirmou a raposa.

O macaco seguiu a raposa e, antes mesmo de chegarem à caverna, caiu num buraco cheio de serpentes.

Do alto da armadilha, a raposa proferiu a sentença:

– Como você quer governar os outros animais se não sabe conduzir a si mesmo?

Quem não sabe cuidar de si próprio
não pode reinar sobre os outros.

O leão preparando-se para a guerra

O leão convocou todos os bichos da floresta e anunciou a seguinte novidade:

– A partir de hoje vamos formar o exército dos animais! Assim, poderemos defender nossas vidas e as das futuras gerações.

– Bravo!!! – aprovaram os animais.

A cada bicho caberia uma tarefa.

Os elefantes, capazes de suportar grande peso, ficaram responsáveis pelo transporte da artilharia.

Os planos e estratégias de ataque e defesa couberam às astuciosas raposas.

Os ursos, famosos pela força, foram encarregados de comandar as ações de ataque.

E, já que distrair o inimigo pode ser decisivo durante uma batalha, os macacos, craques em esperteza, foram escolhidos para essa missão.

A lebre e o asno aguardavam o anúncio de suas tarefas quando alguém disse para o leão:

– A lebre é medrosa e se assusta por nada!

– O asno é lerdo demais. Vai atrasar nossas tropas!

O leão, um animal muito sábio, não deu ouvidos aos comentários maldosos e decidiu:

– A lebre será o nosso correio, e o asno, o corneteiro!

E assim foi feito.

Governar bem é saber distinguir
os pontos fortes das pessoas.

O lobo, a cabra e o cabrito

Antes de sair para pastar, a cabra advertiu o cabritinho com todo o cuidado:

– Tranque bem a porta com o ferrolho. Se alguém pedir para entrar, só abra se ouvir a senha: "Morram o lobo e sua raça!".

– Pode deixar, mamãe! – disse o filhote.

– Vou trazer um capim bem verdinho para você. Adeus! – despediu-se a cabra.

O lobo, que vivia a rondar a casa da cabra, ouviu a conversa.

– É hoje que eu vou comer um delicioso cabritinho! – comemorou.

Quando a cabra já estava bem longe, ele se aproximou de mansinho e imitou a voz dela com perfeição:

– "Morram o lobo e sua raça!" Deixe-me entrar, filhinho!

O lobo já podia sentir na boca o gosto da carne suculenta do cabritinho quando foi surpreendido pela astúcia do pequeno animal:

– Mostre a sua pata primeiro. Se for branca, eu abro – disse ele.

Ter uma pata branca é uma verdadeira afronta para os lobos. Ao ouvir tal exigência, o animal meteu o rabo entre as pernas e retirou-se inconformado.

Precaver-se com todo o cuidado nunca é demais.

O lobo e o cachorro

Um lobo faminto, magro de dar dó, vagava solitário pela floresta. "Ah, como eu queria levar uma vida melhor", sonhava ele acordado.

Foi então que encontrou, junto ao lago, um cão de guarda. O animal era forte, saudável e bem alimentado.

– Puxa! Você deve mesmo levar uma vida boa! Eu sou tão magro que os meus ossos aparecem sobre a pele – disse o lobo.

– Ter uma aparência forte e robusta só depende de você! – respondeu o cão.

– Como assim? – quis saber o lobo.

– Ora, basta você deixar essa floresta sem comida e começar uma nova vida junto comigo na fazenda. Carne é o que não faltará! Lombo, frango, pombos, faisões... O banquete será sempre farto no almoço e no jantar!

– Parece tentador. Mas o que eu tenho que fazer em troca? – perguntou o lobo.

– Quase nada! Apenas receber o dono com agrados e afugentar os mal-intencionados que se aproximarem da propriedade.

– Parece moleza mesmo! – disse o lobo, que já estava prestes a largar tudo e acompanhar o cão, quando reparou numa marca estranha no pescoço do animal. – O que é isso em seu pescoço? – perguntou sem rodeios.

– Nada... – desconversou o cão.

– Como, nada? – insistiu o lobo.

– Bem... É a marca da coleira que eu uso de vez em quando – admitiu o cão.

– Coleira? Isso quer dizer que você fica preso? Não pode sair quando quer?

– Sim. Mas isso faz alguma diferença?

O lobo, que amava o seu direito de ir e vir, não teve dúvidas:

– Faz toda a diferença, meu caro. Adeus!

A liberdade é um direito precioso
que não deve ser trocado à toa.

A pomba e a formiga

Uma pomba alimentava-se na beira de um rio. De repente, viu uma formiga cair na água.

– Socorro! Socorro! – gritava o pequeno inseto.

A pomba, caridosa e amiga, esticou um raminho na direção da formiga. E, assim, salvou-a da morte certa.

Satisfeita, a formiga agradeceu o gesto nobre da ave:

– Obrigada, dona Pomba. Se não fosse a senhora, eu teria virado almoço de peixe!

– De nada! Tenho certeza que, se pudesse, você faria o mesmo por mim! – disse a pomba.

As duas se despediram e seguiram seu caminho.

Alguns dias depois, um camponês, armado com uma espingarda, preparava-se para atirar na pomba. Distraída, a ave estava de costas e não percebeu o perigo que corria. O homem estava quase apertando o gatilho, comemorando seu almoço certo, quando levou uma ferroada no calcanhar.

A dor foi tão grande que ele largou a espingarda e gritou:

– Aiiiii!!!

A pomba saiu voando dali em disparada, enquanto a formiga comemorava seu feito:

– Missão cumprida!

Quem semeia o bem colhe o bem.

Quem foi Jean de La Fontaine?

Jean de La Fontaine viveu no século XVII. Filho de burgueses, teve o apoio da nobreza para se dedicar à literatura. Escreveu poesias e adaptações de comédias. Porém, foram *As fábulas*, escritas em versos e reunidas em doze livros, publicados entre 1668 e 1694, que o tornaram conhecido no mundo inteiro.

O sucesso da obra de La Fontaine garantiu-lhe uma cadeira na Academia Francesa de Letras. O "poeta da França" morreu em Paris em 1695.

Quem é Lúcia Tulchinski?

Lúcia Tulchinski nasceu em Campo Grande (MS), cresceu em Curitiba e mora em São Paulo desde 1989. Iniciou a carreira de escritora em 1994, com a publicação de *Vupt, a fadinha* e *O porta-lápis encantado*, ambos pela Scipione.

Formada em Jornalismo pela Universidade Federal do Paraná, trabalha como redatora de tevê. Foi roteirista dos programas infantis *O agente G* e *Mundo Maravilha*, da Record.

Apaixonada pelo universo dos livros, guarda até hoje o primeiro que ganhou quando ainda era criança: *Contos de Perrault*.

Quem é Salmo Dansa?

Salmo Dansa nasceu e cresceu no Rio de Janeiro. Artista plástico e *designer* com mestrado pela PUC-RJ, é autor de quinze livros e ilustrador de inúmeros outros.

Teve seu trabalho reconhecido com prêmios como o White Ravens, o Altamente Recomendável da FNLIJ e o da União Brasileira de Escritores de Ilustração e Diagramação, entre outros.

Fábulas de Jean de La Fontaine

adaptação de Lúcia Tulchinski

ilustrações de Salmo Dansa

Cada um deve valorizar os seus próprios dons. O que serve para uma pessoa pode não funcionar para outra. O céu ajuda a quem se ajuda. Esses são alguns dos ensinamentos das fábulas que você leu. Que tal fazer as atividades propostas neste encarte para conhecer um pouco mais do fabulário de Jean de La Fontaine?

REENCONTRO INFANTIL

editora scipione

Um pouco de língua portuguesa

1 Substantivo coletivo é o nome dado à palavra que designa um grupo ou um conjunto de seres da mesma espécie. Complete a coluna da direita com os coletivos dos animais relacionados na da esquerda.

Conjunto de	Coletivo
abelhas	
aves	
bois	
burros	
cabras	
cães	
gatos	
lobos	
macacos	
peixes	

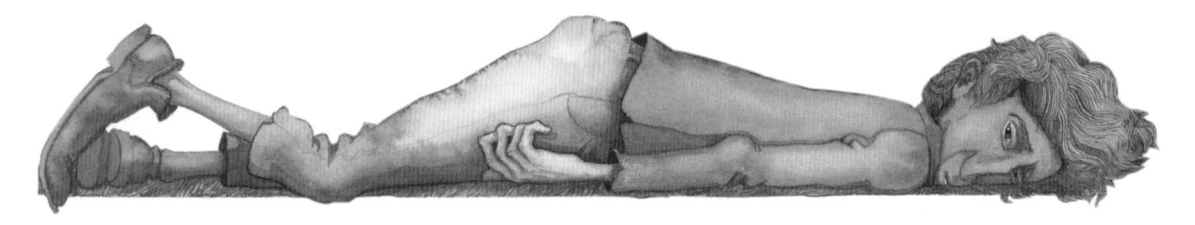

2 Em língua portuguesa há verbos que indicam vozes de animais. Faça uma pesquisa e preencha o quadro com o verbo apropriado para as vozes dos seguintes animais que aparecem nas *Fábulas de Jean de La Fontaine.*

Animal	Verbo
burro	
cão	
gato	
leão	
lebre	
lobo	
macaco	
mosca	
rã	
raposa	

3 Nas fábulas que você leu, os animais se comportam como pessoas, mas nós também temos o costume de usar características de animais para nos referirmos a seres humanos. Converse com os adultos que moram com você e tente descobrir o significado das seguintes expressões.

a) Comer como um passarinho.

b) Ter fome de lobo.

c) Ter estômago de avestruz.

_____

d) Dormir com as galinhas.

_____

e) Ficar com a parte do leão.

_____

f) Ter olhos de rapina (ou de lince).

_____

g) Matar cachorro a grito.

_____

 **4** Você gosta de adivinhas? Então tente resolver estas. Dica: a resposta é sempre o nome de um animal.

a) O que é, o que é?

Tem lombo de porco,

Tem orelha de porco,

Tem costela de porco,

Mesmo assim não é porco.

_____

b) O que é, o que é?

É difícil de catar,

Muito embora não pareça,

Bota ovo, não tem pena

E anda com os pés na cabeça.

_____

5 Com que animal você acha que se parece? Qual deles melhor representaria sua personalidade e suas características físicas? Você é brincalhão como um macaco, esperto como uma raposa ou vaidoso como um pavão? Escolha um animal com o qual você se identifique. Depois, escreva no seu caderno um texto para explicar a sua identificação.

Um pouco de geografia e história

 O poeta Jean de La Fontaine nasceu na França. Localize e pinte de amarelo esse país no mapa da Europa representado abaixo.

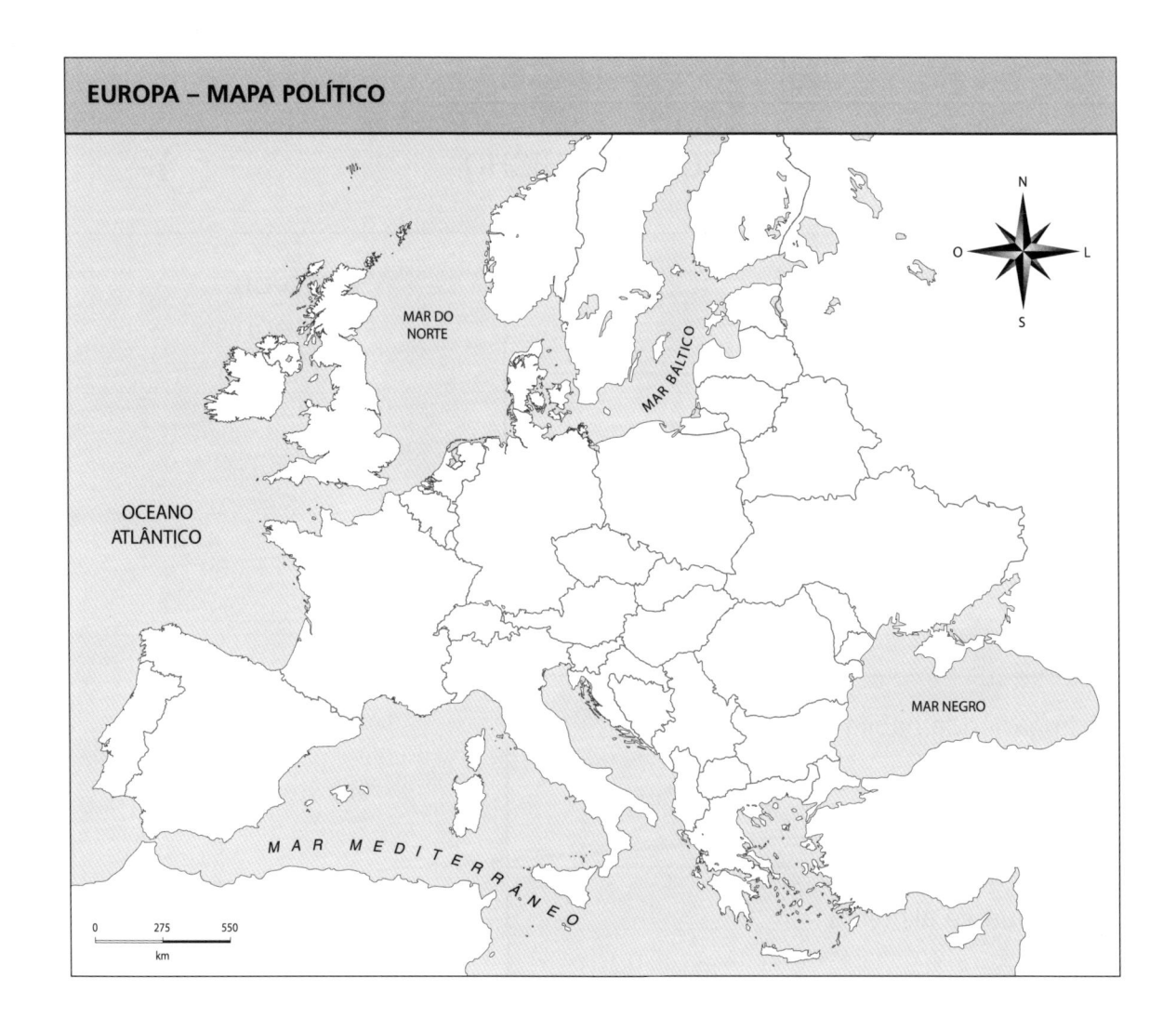

EUROPA – MAPA POLÍTICO

MAR DO NORTE

MAR BÁLTICO

OCEANO ATLÂNTICO

MAR NEGRO

MAR MEDITERRÂNEO

0   275   550
km

 Faça uma pesquisa e procure descobrir como era a vida das pessoas na época em que La Fontaine viveu: o século XVII (1621 a 1695). Escreva suas descobertas no caderno.

Um pouco de ciências

1 Nas fábulas de La Fontaine, a maioria das personagens são bichos. Escolha dois desses animais e pesquise um pouco sobre eles. Depois, complete as fichas abaixo com os dados que você pesquisou.

○　　　　　　FICHA DO BICHO　　　　　　○

Bicho pesquisado: _____
_____

Características: _____
_____
_____
_____
_____

Lugar onde habita: _____
_____
_____

Do que se alimenta: _____
_____
_____

Foto ou
desenho
do bicho

FICHA DO BICHO

Bicho pesquisado: _____

_____

Características: _____

_____

_____

_____

_____

Lugar onde habita: _____

_____

_____

Do que se alimenta: _____

_____

_____

_____

Foto ou
desenho
do bicho

2 Em suas aulas de ciências, você já deve ter aprendido que os animais vertebrados são classificados em cinco grandes grupos: mamíferos, aves, répteis, peixes e anfíbios. Faça uma pesquisa e procure completar o quadro abaixo.

Classificação	Características	Exemplos que aparecem nas fábulas de Jean de La Fontaine
Mamíferos		
Aves	Têm a pele seca recoberta por penas e possuem asas.	
Répteis		Tartarugas.
Anfíbios		
Peixes	Possuem corpo alongado coberto por escamas.	

Divirta-se!

Cole as cartas reproduzidas nas páginas seguintes em uma cartolina e recorte-as. Depois é só embaralhar e convidar os colegas para brincar de jogo da memória.

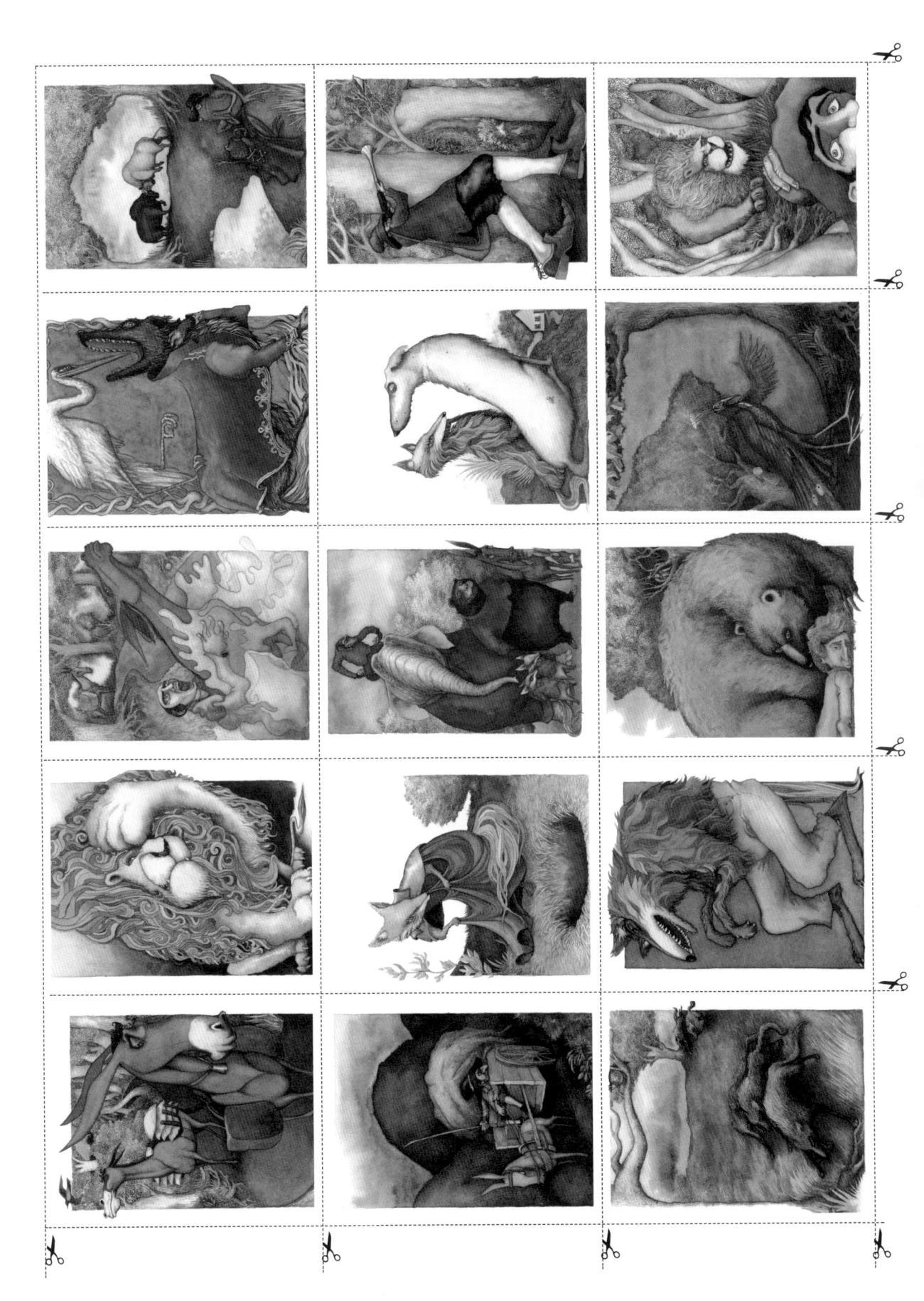

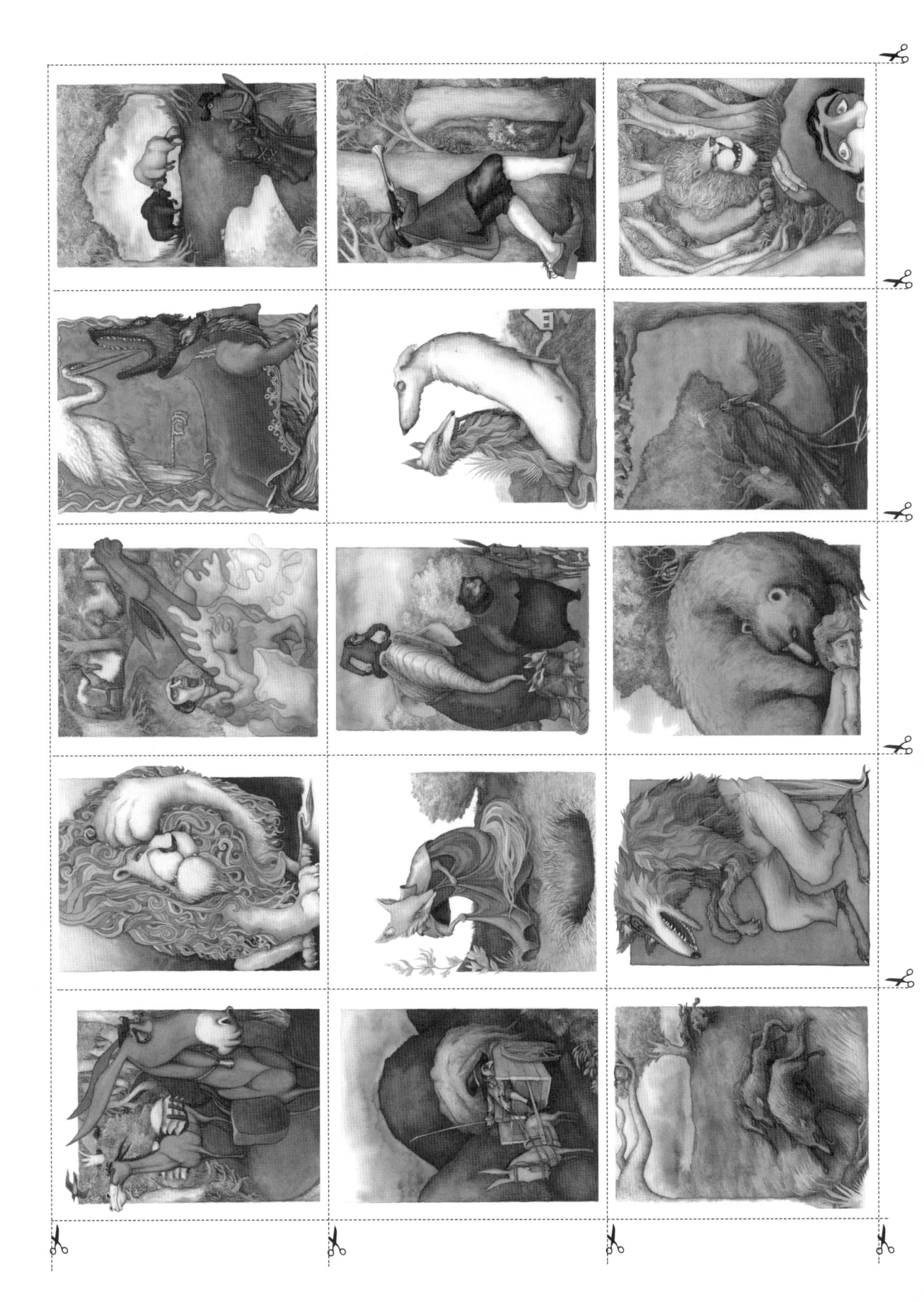